AF355836

3 Novembre 1909

VENTE

Du Mardi 3 Novembre 1909

HOTEL DROUOT, SALLE Nº 6

à deux heures

BON MOBILIER

OBJETS D'ART ET D'AMEUBLEMENT

COMMISSAIRE-PRISEUR

Mᵉ HENRI BAUDOIN

Successeur de M. Paul CHEVALLIER

10, rue Grange-Batelière

CATALOGUE

D'OBJETS D'ART & D'AMEUBLEMENT

PORCELAINES ET FAIENCES

ARGENTERIE — PLAQUÉ

OBJETS VARIÉS — SCULPTURES — TABLEAUX

BRONZES D'AMEUBLEMENT

SIÈGES & MEUBLES

FOURRURES — RIDEAUX — TAPIS

DONT LA VENTE AURA LIEU

HOTEL DROUOT, SALLE N° 6

Le Mercredi 3 Novembre 1909, à 2 heures

COMMISSAIRE-PRISEUR

Mᵉ HENRI BAUDOIN, *Successeur de M. PAUL CHEVALLIER*

10, rue de la Grange-Batelière

EXPOSITION PUBLIQUE

Le Mardi 2 Novembre 1909, de 2 heures à 6 heures

CONDITIONS DE LA VENTE

Elle sera faite au comptant.

Les adjudicataires paieront *dix pour cent* en sus des enchères.

Paris. — Imp. de l'Art, Ch. Berger, 41, rue de la Victoire.

DÉSIGNATION

CÉRAMIQUE

1 — Service en porcelaine, à filets dorés.

2 — Grand vase en porcelaine de Chine, à décor de fleurs et d'oiseaux.

3 — Autre, à fond jaune.

4 — Vase tulipe, cristal.

5 — Vase en porcelaine de Saxe, avec couvercle, décor de fleurs.

6 — Deux vases en porcelaine de Capo di Monte.

7 — Coffret, même porcelaine.

8 — Deux lampes en porcelaine craquelée, montées en bronze.

9 — Tasse et soucoupe en porcelaine de Dresde ; dans un écrin.

10 — Porte-bouquet en verre, de Gallé.

ARGENTERIE, PLAQUÉ

11 — Deux plats et deux couvre-plats, métal
argenté.

12 — Plateau à deux anses, argenté.

13 — Ramasse-miettes et brosse, argentés.

14 — Deux compotiers plats, argentés.

15 — Service à thé argent, avec plateau et
réchaud.

16 — Deux vases rafraîchissoirs, forme balus-
tres, à deux anses, en métal argenté ; garnitures argent.

17 — Douze petites fourchettes argent ; dans un
écrin.

18 — Deux couverts à salade, garnis argent.

19 — Six cuillers à café, argent.

20 — Douze pelles à sel, argent russe.

21 — Pince à asperges, argent.

22 — Cuiller à potage, argent.

23 — Cuiller à sucre, argent.

24 — Cinq cuillers variées, argent.

25 — Boîte à bijoux, émail cloisonné.

26 — Carnet, argent repoussé.

27 — Chaîne, argent.

28 — Petit coffret, écaille et argent.

29 — Douze fourchettes à huîtres, ivoire et argent.

30 — Truelle à poisson, argent.

31 — Petit miroir à main, cadre argent.

32 — Quatre flacons, cristal et vermeil; dans un étui.

33 — Cafetière de voyage, argent.

OBJETS VARIÉS

34-35 — Cinq éventails modernes.

36 — Deux petits écrans incrustés de nacre.

37 — Porte-montre, bois sculpté.

38 — Statuette de divinité chinoise, bois doré.

39 — Statue, marbre blanc : *L'Aurore*, signée : RAINGO ; avec socle bois sculpté et peint blanc.

40 — Statuette, terre cuite, par ALLEGRAIN : *Baigneuse*.

41 — Deux panneaux, laque et incrustations.

42 — E. RAVEN : Paysage montagneux. Toile encadrée.

43 — Deux pastels : Portrait de jeune homme et portrait de jeune fille.

44 — Pastel : Jeune fille à l'oiseau.

45 — Pastel : Jeune fille tenant une fleur.

46 — Quatre aquarelles : Pastorales.

47 — ÉCOLE FRANÇAISE : Vénus et Amour.

48 — Lot de dessins de diverses écoles.

BRONZES D'AMEUBLEMENT

49 — Pendule, bronze. Époque Restauration.

50 — Cartel en bronze de style Louis XVI.

51 — Lustre, cuivre poli.

52 — Jardinière, cuivre.

53 — Petit lustre, bronze et cristaux. Louis XV.

54 — Colonne, marbre et bronze doré.

55 — Deux vases chinois en émail cloisonné.

56 — Lampe, forme obus ; monture en bronze doré. Style Louis XV.

57 — Deux grands vases en porphyre vert, monture bronze doré. Style Louis XIV.

58 — Lustre de style Louis XV, bronze et cristaux, disposé pour l'électricité.

59 — Deux appliques, bronze et cristaux.

60 — Lustre, bronze doré, à figure d'amour, disposé pour l'électricité.

61 — Deux torchères, bronze doré, style Louis XVI, à électricité.

62 — Lustre-plafonnier, cristal.

63 — Deux chenets, bronze, à figures d'amours.

64 — Table en bronze doré, style Louis XVI, avec dessus en marbre noir incrusté de malachite.

MEUBLES ET SIÈGES

65 — Ameublement de salle à manger en acajou orné de bronze. Style Louis XVI. Il comprend : une table, deux fauteuils, huit chaises, un dressoir surmonté d'une glace et une desserte.

66 — Table de style Renaissance en noyer sculpté.

67 — Table à jeu, bois marqueté. (*Maison Maple.*)

68 — Petite table ovale, bois de placage.

69 — Bureau-ministre, noyer ciré.

70 — Glace à cadre en noyer.

71 — Table pliante, incrustations de bois de couleur.

72 — Lit en noyer sculpté. Style Louis XV.

73 — Support-trépied, noyer, à filets dorés.

74 — Grand dressoir marbre blanc, supporté par quatre colonnes sculptées. Style Louis XV.

75 — Autre, plus petit.

76 — Douze chaises bois sculpté et peint blanc, avec coussins damas vert.

77 — Table bois sculpté et peint blanc, avec cinq allonges.

78 — Deux fauteuils acajou marqueté, avec coussins et dossiers mobiles en damas de soie rouge.

79 — Fauteuil acajou, style Louis XV, couvert en velours frappé fond vert.

80 — Fauteuil, style Empire, couvert de même étoffe.

81 — Table à thé, poirier noirci.

82 — Trépied bois noirci; dessus de marbre.

83 — Autre, analogue.

84 — Table en bois sculpté et doré, style Louis XV; dessus de marbre.

85 — Bahut décoré au vernis, style Louis XV; garnitures de bronze, dessus de marbre.

86 — Commode Louis XV, à dessus de marbre.

87 — Table-bureau Louis XVI, acajou et cuivres.

88 — Lit à baldaquin, travail espagnol.

89 — Banquette bois peint blanc, couverte en soie.

90 — Porte-manteau bois peint blanc.

91 — Bibliothèque bois sculpté. Style Louis XV.

92 — Mobilier de salon en bois sculpté et doré
style Louis XV, couvert en damas de soie
jaune; il comprend : un canapé, deux mar-
quises, deux grandes chaises et quatre chaises.

93 — Grande jardinière de style Louis XVI, bois
sculpté et peint blanc.

94 — Colonne, bois sculpté et peint blanc.

95 — Six miroirs-appliques, bois doré.

96 — Canapé et quatre fauteuils, bois sculpté et
doré, style Louis XVI, couverts en soie brochée à fleurs et rayée.

97-98 — Quatre chaises légères, bois doré, en
deux modèles.

99 — Deux tabourets à dessus de marbre.

100 — Paravent à trois feuilles, garni de cuir
gaufré, à décor de personnages.

101 — Paravent à trois feuilles, damas vert.

102 — Paravent à quatre feuilles, bois doré et
soie brochée.

103 — Petite table-étagère de forme ovale, bois de placage et bronzes.

104 — Lit, bois doré. Style Louis XIV.

105 — Table, bois doré, style Louis XIV, à quatre faces; dessus de marbre vert.

106 — Console, bois sculpté et doré, à six pieds, à décor de fruits et guirlandes de fleurs; dessus de marbre fleur de pêcher.

107 — Quatre fauteuils, bois doré, style Régence. couverts en tapisserie d'Aubusson à sujets, d'après BOUCHER. (*Maison Braquenié.*)

108 — Table italienne en noyer, à piétement à personnages; plateau à damier.

109 — Banquette italienne en noyer ciré, garnie d'étoffe, avec dais à consoles et crosses.

110 — Pendule à cadran horizontal, en forme de vase, en marbre, avec figures de faunes en bronze; elle repose sur une gaine en marqueterie et bronzes.

111 — Toilette, marbre rouge.

112 — Divan d'angle, recouvert en damas grenat.

113 — Divan-lit, velours rouge.

114 — Armoire normande, bois sculpté.

115 — Bibliothèque, bois sculpté.

116 — Lit en noyer, avec sommier.

117 — Salle à manger en noyer sculpté, composée d'un buffet à deux corps, une desserte, une table carrée et six chaises garnies de cuir.

ÉTOFFES, TAPIS

118 — Lot de fourrures : cravates, manchons, boléro, etc. (Sera divisé.)

119 — Trois châles, cachemire.

120 — Quatre rideaux, damas de soie jaune, avec embrasses, patères et galeries bois doré.

121 — Deux rideaux, soie rose, avec embrasses.

122 — Deux tapis de table, satin brodé.

123 — Lot de tapis, rideaux et stores.

124 — Lot de rideaux, coussins, tapis.

125 — Deux stores guipure.

126 — Grand tapis persan, à personnages et animaux sur fond bleu.

127 — Objets omis.